창비시선 [114]

양 정 자 시 집

아이들의 풀잎노래

창비

차   례

제 3 부

제 4 부

제 1 부

교실에서

호기심으로 두리번거리는 수많은 너희 별눈 앞에서
시간마다 나는
죽어 있는 지식의 식은 말을 지껄인다

용서하여라
내 마음은 그러나 진종일 침묵하며 꿈꾼다
너희들 여름 쑥대처럼 쑥쑥 자라오르는
무성한 숲속을

우리 서로 살 벗고
깊은 魂의 숲과 숲으로 만나보랴

잎새들로 잎새들로 얼굴 가려 서 있는
너희들 숨어 있는 놀라운 한 나무 한 나무
눈부시구나
젊음의 우레 천둥소리 늘 꽝꽝 울려대며
이글이글 시퍼렇게 꿈 타오르는

녹색 출렁이는 바다, 숲이여
아무도 너희 떠들썩한 자람을 막지 못한다
스스로도 제어 못할 눈먼 힘이 분수처럼 솟구치는
짓푸른 四肢 마디마디
자라나는 가려움으로 너희는
한시도 손발을 가만두지 않는다

이겨낼 수 없는 큰 잠
들끓는 본능과 눈뜨는 인식 사이
어린애와 사춘기
장난질과 진지함의 갈등 속에서
미래 丈夫들의 잔가지가 나날이 굵어진다
캄캄한 시간의 늪 속에 온몸을 빠뜨린 채
늘 하늘을 꿈꾸는 너희 높은 이마는
자라남의 번민으로 어둡게 번뜩이고
차디찬 미지의 땅속을
한걸음 한걸음 더듬어 내려가는

너희 여린 발은 뽑힐 듯 주저하며 흔들린다
오, 실뿌리 뿌리까지 뒤흔드는 그런 아픔 없이는
어린 잎새 한 잎도 잎새다이 자라나지 않는 것을

출 근 길

정다운 우리 동리 야산, 성산의 작은 고갯길을 넘어
걸어서 학교로 출근하는 길 양편에
휘늘어진 샛노란 개나리꽃들
산 위로 떠오르는 신선한 아침해를 가슴에 안고
산언덕에 늘어선 새까만 아카시아 나뭇가지에
아련히 감도는 연록빛 아지랑이에 눈맞추면서
소풍 가듯 즐겁게 출근합니다
일분도 가만있지 못하고 떠들고 법석이는
이천여명 아이들
개나리꽃과는 비길 수 없을 만큼
더 크고 요란스런 야생의 꽃들을 만나기 위해

학교 꽃밭을 가꾸며

긴 겨울 오그렸던 사지 활짝 펴고
운동장 가득 뛰어노는 아이들
그 힘찬 함성에 놀라
부푼 꽃망울 덩달아 활짝활짝 터지는 학교 꽃밭
매화, 철쭉, 목련, 산수유, 산당화, 앵두꽃, 배꽃
……

그 눈부신 꽃나무 그늘 아래 숨어서
나즈막히 자라나는 이름 모를 잡초들
차디찬 땅 밑에 숨죽여 엎드린 채
긴 겨울 견뎌낸
저 맵고 끈질긴 새파란 생명들
가만 들여다보면
이제 작은 풀꽃망울 눈물처럼 아련히 피어나
한없이 안쓰럽고 어여쁘구나
풀꽃은 꽃 아닌가
몇몇의 큰 나무 꽃들을 위한다는 핑계로
늘 작은 풀꽃 무참히 뽑아 내던져버린

여지껏 내가 해온 학교 교육이란
바로 이런 것 아니었을까

몸 속에 흐르는 뜨겁고 사나운 피
정녕 못 다스려
술주정뱅이 아버지의 가죽 허리띠 채찍질에
왼몸이 구렁이 감기듯 멍든 채 방에 갇혀도
문 부수고 또 가출해버린
쇠비름처럼 맵고 당찼던 우리 반 향숙이
제 부모도 선생도 모두 포기해버리고
잡풀 뽑아 내던지듯 마침내 퇴학시켜버린 때처럼
그 어린 잡초들 뿌리째 뽑아내며 꽃밭에서
나는 자꾸만 가슴이 아파진다

버려진 화분

넘치는 힘 주체하기 어려워라, 사내아이들
손끝만 닿아도 부서지고 깨지고 찌그러져
교실에 남아나는 게 하나도 없네
하루에도 몇번씩 교실 화분의 꽃나무들
쏟아졌다 담아졌다 또 쏟아져
마침내 화분마저 산산조각나
교실 구석, 교정 곳곳에 버려지는 꽃나무들
그동안 아이들 등쌀에 얼마나 못 견뎠으면
잎은 말라 배배 꼬였는데
그래도 질긴 목숨 살아보려고
잔뿌리 저희끼리 얼마나 단단히 얽혀 있는지
새삼 놀랍고 애처로워지네
성한 화분 몇개 주워다 흙 퍼담고 물 주었더니
회복기 환자처럼 나날이 소생해가네
내 손으로 다시 얻은 저 생명들
신기해서 자꾸만 들여다보며
메말랐던 내 마음

남모르는 기쁨으로 푸르러지네
식물도 돌보면 저리 무성해지거늘
우리가 모르는 사이 저 꽃나무들처럼
이 교정 곳곳에 무심히 버려지는 아이들은
또 얼마나 많을지……

명 식 이

시험 때에도 연필조차 없이 빈손으로 앉는
생활에 전혀 아무 의욕도 없이
연체동물처럼 무기력해 보이는
걱정스런 우리 반 명식이
어릴 때 엄마 아빠 돌아가시고
예순 넘은 나이로 새마을 취로사업장 품팔러 다니는
할머니랑 단둘이만 살아
도시락도 없이 빵 하나로 점심 때우고
아이들과 장난도 치지 않고 늘 말없이
있는 듯 없는 듯 그림자처럼 혼자 앉아 있는
늪처럼 고여 있는 알 수 없는 명식이
무슨 말을 물어도 대답 한번 속시원히 하지 않고
아이들 교실 떠나가게 웃어대도 좀처럼 웃지 않고
가끔가다 긴 한숨소리 어깨로 내뿜는
눈동자 희미하게 바랜 겁나는 명식이
그 명식이가 주위 아이들과 더불어
오늘 영어 시험에 컨닝을 다 하였다니

겉으로 야단 야단치는 척하였지만
속으로 하도 반가워
아, 안심이다, 명식아, 너 아직 살아있구나
생각할수록 하도 고맙고 신통방통해
남몰래 새록새록 기뻐진다

풀뿌리 민주주의

4월초 이른 봄날
전교생이 운동장에 모여 앉아
오랜 관행의 임명제에서 벗어나
이제 처음 실시해보는 즐거운 선거날
햇빛은 눈부시게 쏟아져내리는데
생생한 기쁨과 활기로 활짝 피어나
열변 토하는 학생회장 부회장 후보아이들이나
귀를 쫑긋 세워 듣는 아이들이나 모두
봄풀처럼 어여쁘고 의젓하구나
땅바닥에 널려 있는 저 키 낮은 민들레 같은 아이들
그 낮은 풀을 더욱 낮은 땅속에서 든든히 받쳐주고
있는
저 끈질긴 풀뿌리 같은
아이들의 자주적인 무서운 힘
그들은 이제 활짝 꽃눈 떠 알리라
이 학교 주인은 바로 저희들임을
저희들이 던지는 한 표의 깊은 의미를

꽃앓이

개나리 진달래 피어날 때부터
수양버들, 은사시 흰꽃 눈송이처럼 펄펄 날릴 때까지
일년 중 가장 아름다운 꽃절기에
온몸에 열꽃 돋아 미친 듯 긁어대며
꽃몸살 된통 앓는
선천성 알레르기쟁이 우리 반 이현주
한 철씩 앓고 나면 복사꽃처럼 더욱더 환해져
이제 완연히 처녀꼴이 백여가는 그애
무심히 아름다워 보일 뿐인
온갖 봄꽃들의 눈부신 피어남도
이토록 보이지 않는 속아픔을 속속들이
긴 겨울 오랫동안 앓아온 건 아니었을까

진실 그 자체

냉수 마시듯 툭하면 거짓말 잘하는
온갖 사고뭉치 말썽꾸러기 괘씸한 우리 반 승철이
하도 그럴듯하게 둘러대 번번이 속아 넘어가는
어리석은 나와 우리 반 아이들
이제 다시는 콩으로 메주를 쑨다고 해도
속지 않으려 단단히 벼르지만 그러나
그애가 정말 진실 그 자체일 때도 있지요
일분 일초 쉬지 않고 떠들고 법석이는 그애가
아프다고 쐐기처럼 가만히 엎드려 있으면
그건 정말 굉장히 아픈 것입니다
웬만큼 아파서는 몸이 근지러워 도저히
가만히 엎드려 있지 못합니다
아프면 어찌 저리 양처럼 조용하고 순해질 수 있는지
죄받을 생각이지만 때로는 속으로
일년 내내 아프면 좋겠다는 생각이 듭니다
아무리 타이르고 호소하고 때로는 윽박질러도
어딧 까마귀 우짖나 하고 마이동풍인

강심장의 저 맹랑한 아이
몸이라도 저리 독하게 아프지 않고서야
어찌 공짜로 자라는 법 있을까요

매

야단치기에 진력난 나머지 나도 오늘은
온갖 사고뭉치 말썽꾸러기 너를 앞에 두고
어디서부터 다시 시작해야 할지 막막하여
시름없이 너를 바라만 본다
너의 혼란된 번민의 가슴속을

자라나는 어여쁜 푸른 콩처럼
겉으로 드러나는 고통 없이
조용조용 안으로만 차오를 순 없을까, 너희들은

좁은 혈관 속에서 폭발하는
성장의 사나운 제 피에 골똘히 취해
그 누구의 말도 들릴 리 전혀 없는 너희들 보면
안타까워라, 우리 교사들
잔소리 안할 수도 없어 자꾸만 늘어놓는
소 귀에 경 읽기
문득 너희들 그리고 우리 선생들

인생이 모두 가련하고 불쌍하구나

자책하는 네 마음
아픈 내 마음
서로 훤히 들여다뵈는 듯한
이 짧은 순간의 감동으로
물오른 연한 너의 살
너를 힘껏 내리친다, 내 늙은 살을
살이 아파서야 비로소 마음까지 아파지는
아직 어린 네 살의 눈물
너 몰래 젖어드는 뼛속의 내 눈물
첩첩 막혔던 우리 사이
정신나게 확 뚫린다

썩은 열마디 헛된 잔소리보다
매운 매 한대
찢어질 듯 살의 아픔은 늘 상쾌하고 정직하게
너희와 나 사이를 깨우리라

사 춘 기

겨울방학 전에 조그맣고 여릿여릿했던 영철이
개학날 보니 어느새
사내꼴이 완연하구나

나무 햇가지처럼 부쩍 자라오른
저 길어진 팔다리 위에
너울너울 돋아나오는 푸른 꿈의 저 어린 싹
난데없이 거뭇거뭇한 수염자국
활짝활짝 터지는 여드름꽃

아이들 작은 몸 속에 웅크려 감춰졌던 힘이
싹트고 꽃피는 봄나무처럼
때가 되면 저렇게 폭발하듯
우레 같은 힘으로 터져나오다니

여 선 생

수업중 판서하다 놀라 뒤돌아보니
우당탕탕 우당탕탕 와지끈 뚝딱
번개치듯 벼락때리듯 책상이 무너지고
아이들 몇몇이 낭자히 쓰러졌네
병철이와 수웅이가 한데 뒤엉켜
선생이고 수업이고 뭐고 격투가 벌어졌네
공부시간 그새를 못 참아
수업중 저리 심하게 치고박고 하다니
남선생 시간이면 상상도 못할 일이지만
여선생이라고 얕보는 사내아이들 괘씸하고 분했지만
그러나 나는 실망하지 않네
이 점이 바로 여선생의 약점이요 강점이리니
억압 아닌 자유롭고 부드러운 분위기 속에서
그 무엇이 이루어진다면
그거야말로 아주 진짜 교육임을 나는
굳게 믿고 있기에

産　後

産休 한달 만에 다시 만나는 아이들이
비온 뒤 들풀처럼 눈부시네
뛰어노는 아이들 속에 내 첫 아이
꼼지락거리는 연록빛 손가락 발가락이 다 보이네
아이들 무심히 팔다리 움직여 뛰어노는 것
떠드는 것, 싸우는 것, 장난질치는 것
무심했던 어느 것 하나도
놀랍고 눈물나게 고마운 것뿐이어서
내 비로소 이제 진짜 선생이 될 것 같네

미래의 남편

지금 저렇게 누런 코 줄줄 흘리고
손톱 때 새까맣고
숙제도 준비물도 제대로 한번 챙겨본 적 없는
우리 반 칠칠이 준호
지금 어디선가 코 줄줄 흘리고
손톱 때 새까만 채 떠들썩 자라나고 있을
한 칠칠이 여학생 만나
그래도 사내꼭지라고
제 여자 쥐잡듯 잡도리하며 사랑도 해주면서
남편 구실 당당히 해나가겠지

기　　대

공부도 신통찮은데
남에게 지기 싫어하고 참견 안하는 데가 없어
친구들과 유난히 잘 다투는
입이 참새처럼 뾰죽 튀어나온 박현주
아무리 야단쳐도 말다툼 그칠 날 없네
생각다 못해 1학기 성적표 가정통신란에
'마음이 너그럽고 이해심이 깊어
친구들과 유난히 사이가 좋습니다'라고
은근히 정반대로 부추겨주었더니
아니, 이게 웬일인가
2학기부터는 싸움 한번 안하고
밀가루 반죽처럼 부드러워졌네
눈부신 꽃으로 보면 더욱 눈부신 꽃이 되고
하찮은 돌멩이로 보면 여지없이 돌멩이로 돼버리는
기대한 만큼보다 훨씬 더 이루는
무한 가능성의 놀라운 아이들

중학교 선생

어린아이에서 사춘기로 고통스럽게 진입해 들어가는
번민 많은 아이들을 가득 싣고
슬픔의 캄캄한 터널 속을 빠져나와 달리는
성장의 급행열차가 잠시 멎는
시골의 쓸쓸한 간이역 같은 중학교
거기 몇십년씩이나 서서
손을 들어 달리는 그 기차를 멈추게 하고
멎은 기차를 또다시 출발시키는
해마다 늙어가는 기차역원 같은
돈도 명예도 없고
있었던 실력도 오랜 세월 쓰지 않아 녹이 다 슬어버린
허름한 중학교 선생
스치며 지나가는 아이들의 속력은 너무 빠르고 바빠
몇년 지나면 마침내
아무도 찾지 않고 잊혀지는 중학교 선생

제 2 부

소 녀 들

철쭉, 산당화, 매화, 모란, 라일락, 다투어 피어나고
있는
향그런 5월 학교 꽃밭 앞에서
한떼의 소녀들이 재깔거리며
사진을 찍고 있네
피어나는 꽃보다 훨씬 더 눈부신
자기들이 꽃인 줄도 까마득히 모르는 채

봄 나 무

올봄에 여상을 졸업하고 은행에 갓 입사하여
새옷 입고
이제 막 처음으로 파마해본
짧고 오글오글한 연둣빛 윤기 도는 머리다발로
자랑스레 제 중학교 때 선생을 찾아온
열아홉살 내 제자 인숙이
눈부시게 어여뻐라
새싹 다복다복 머리에 이고 섰는 봄나무처럼
풋풋하고 신선한 그애

교   복

교문 앞 선도부원 앞에서만 얌전히 교복 입고
교실에 와서는 늘 체육복바람으로
하루종일 장난치는 우리 반 김만호
교복 안 입었다고 야단치면
교복이 꼭 죄어 답답하다고 투덜대면서
가방 속에 꾸깃꾸깃 처박아놓은 걸
마지못해 다시 꺼내 입는 시늉하다가
다음 시간 보면
어느새 또 체육복으로 갈아입어
일년 내내 체육복만 입고 사는 그애
봄나무 햇가지 같은 저 무서운 자라남
말릴 수 없는 저 막무가내의 자유로움을
한겹 비좁은 교복 밑에 꽝꽝 가둬둘 수 있을까

사생대회날

나무 몇그루 물감으로 범벅해놓고
시라고 몇줄 끄적끄적해놓고
야성의 눈을 번뜩이며
온통 푸른 숲속을 들쑤시고 다니며
개구리도 잡고 풀나비도 쫓고
칡뿌리도 캐어보는 아이들 모습이
시보다 그림보다 더욱 아름답네
연둣빛 나무 사이로 아이들 재깔거리는 말소리 웃음
소리
망초꽃 무리처럼 다닥다닥 피어나
잔칫집처럼 풍성하고 환해진
서오능의 푸른 숲속

합창대회

아무리 공부시켜보려 해도 운명적으로
공부 안 되는 아이들이 학급마다 몇몇 있지
방과 후 시험삼아 한 시간 내내 붙들어놓고
student 한 단어만 연방 외우게 해도
도무지 그 한 단어마저 외워 쓰지 못하는
1학년 20반 천하 장난꾸러기, 돌대가리 유한철
합창대회인 오늘
맨 앞줄에 서서 노래부르는 걸 보니
한시도 가만두지 못하는 팔다리
제법 의젓이 모은 채
제가 부르는 저 노래
슈베르트 곡이라는 것쯤은 알고 있는지
그 아름다운 가사 다 외우고 감정까지 넣어
고개 연방 끄덕끄덕거리며
그 작은 몸 물결치네
입 뻐끔뻐끔 벌려대는
숭어새끼 같은
저 어여쁜 어린것

가을 소녀들

학생들도 선생님들도 다 가버린
꽃도 잎도 다 져버린
을씨년스런 11월 텅 빈 교정 한구석에서
아직 사춘기에 이르지 못한 중1짜리 계집애들이
늦게까지 고무줄을 하고 논다
"장난감 기차가 칙칙폭폭 떠나간다
과자와 사탕을 싣고서……"
잔설처럼 깔린 황혼을 스산히 몰고 가는 찬바람에
펄럭이는 교복 치마 밑에서 통통히 여무는 종아리
계집아이들의 높고 쾌활한 웃음소리에
어둑신한 교정 한구석이
꽃핀 것처럼 환하게 밝아지네

점심시간

점심시간 불시에 암행감사 나갔더니
우리 반에서 제일 작은 땅꼬마 1번 박승우
점심밥도 안 먹고 엎드려 울고 있네
엄마가 모처럼 점심으로 싸주신
고기와 야채 담뿍 들어 있는 햄버거빵
체육시간 끝나고 뒤늦게 들어와보니
우리 반 몽니꾼 최수철이
제일 먼저 꺼내 먹었다 하네
수철이놈 닦달하니 변명하는 말
"나는 한입밖에 못 먹었어요, 준호가 뺏어갔어요"
햄버거빵 한 조각이라도 먹은 놈
먹진 못했지만 입에까지 대본 놈
만진 놈, 던진 놈, 받은 놈, 떨어뜨린 놈
햄버거빵 한 조각으로 얼마나 장난쳐댔는지
모조리 조사했더니
고구마 줄기에 고구마 달려나오듯
줄줄이 여섯명이나 달려나왔네

관련된 놈 모조리 간식을 사오게 하여
내가 지켜보는 가운데 승우에게 먹였네
승우야, 너 착하고 순진하지만 사내란
선만 가지고는 못 사는 세상이란다
배 뺑긋하도록 실컷실컷 먹고서
어서어서 힘도 세어지고 키도 크거라
그래서 다시는 네 몫을 빼앗기지 않도록 해라

기 둥

오늘 외출했다가 뒤늦게
우리 반 교실로 올라가봤네
아뿔싸, 내가 외출한 걸 어찌 알았을까, 여우같이
약은 놈들
주번은 물론 청소당번도 다 도망치고
승호 혼자 땀 뻘뻘 흘리며 청소하는데
아이들 책걸상도 끌어주지 않고 뺑소니쳐버려
5시가 다 되도록 청소 아직 안 끝났네
평소 담임 역량 얼마나 부족했으면
이 지경 되었는가, 이 슬픈 배신감
승호랑 단둘이서 대강대강 함께 청소하며
너희놈들 두고 보자, 속으로 이를 갈았네
공부는 별로 신통찮지만
평소 너무나 정직하고 성실한 김승호
오늘 보니 너 참 큰 인물이구나
여태껏 저 애가 우리 반을 떠받쳐준
든든한 큰 기둥이었구나

그러나 또 한편 걱정도 되네
저렇게 고지식해서 어찌
이 전쟁터 같은 삶을 살아갈 수 있을지
살아가면서 저 아이 얼마나 큰 상처를 입어야 할지

교실 풍경

뱃속에 첫아이 가졌을 때 남편에게 소박맞고
죽으려고 수면제 몇번인가 먹어서 그랬는지
지진아 박성수 생겨났다 하네
파출부 노릇하며 힘겹게 살고 있는 그 엄마
국민학교 때는 혼자 오전반 오후반을 가리지 못해
그 아이 학교에 다닌 날 반도 안된다고 했네
지금도 한글 못 깨우쳐
비록 가방에 아무 책이나 넣어 오지만
소아마비로 또 한쪽 다리까지 절뚝거리지만
그래도 학교에 저 혼자 오고 가는 것만도 다행이지
수업 내용 한마디도 알아듣지 못하는데
도 닭듯 진종일 앉아 있기 얼마나 괴로우랴
몸은 크고 기운도 펄펄 넘쳐
아무나 이유없이 툭툭 쳐서 싸움 걸고
상대방이 대들기를 기다리다가
병신 발 대신 더욱 억세어진 주먹 힘으로
일주일에 한번씩은 발작처럼

우리 반 그 누군가를 때려눕히네
오늘 우리 반에서 제일 연약해 뵈는
그늘의 밀대 같은 김재호
운 나쁘게 걸려들어 대거리하다
코피 터져 틀어막았네
똥 뀐 놈이 먼저 성내더라고
아직도 성난 짐승처럼 씩씩거리는 박성수
살펴보니 오른손등 벌겋게 생살 까졌네
양호실 보내려니 입학해서 벌써 몇달쨌데
양호실 어딘지도 모른다 하네
아직도 코 틀어막고 있던 김재호 선뜻 일어나
저 때린 절뚝발이 박성수 넘어질까봐
손까지 붙잡아 데리고 가네
우리 반 60여명의 도움으로
그럭저럭 살아가고 있는 박성수
때로 참지 못해 엎치락뒤치락 싸우기도 하고
욕지거리도 하지만

결국은 화해하며 서로서로 도와가는
아이들의 저 눈물겨운 어여쁜 모습들

앵 두

올해 대학 갓 졸업하고 나온
꽃같이 어여쁜 처녀 음악선생님께
누군가 몰래 작은 꽃바구니에 가득 앵두를 담아왔네
사내아이들 학급만 가르치니
속으로 혼자 좋아하며 애태우는 수줍은 사내애겠지
제 집 뜰에 서 있는 앵두나무의
다닥다닥 열린 앵두 열매를 바라볼 때마다
노래부르는 그 선생님의
붉게 도드라진 입술을 생각했겠지
젊다는 건 저토록 눈부시게 아름다운 것인가
내가 바라봐도 깨물어주고 싶은
물오른 앵두같이 어여쁜 음악선생

아침 등교길

막내아들 준비물 챙겨주다

내 자신도 늦어버려 헉헉대며

걸음 빨리 재촉하는 아침 등교길

어느 틈에 나를 보았는지

똥빠지게 달아나는 우리 반 땅꼬마 재식이

한편 우습고 한편 애처로워라

3학년까지 입으려고 너무 크게 맞춘 교복

자루 속에 빠진 듯 헐렁해 뵈고

피난보따리마냥 주렁주렁 매달린 짐꾸러미

엎어질 듯 잦혀질 듯 아무리 뛰어본들 뛰어지랴

제 정류장 서지도 않고 그냥 지나쳐버려

이삼십분씩이나 버스 기다린다는 우리 반 지각대장

저 작은 몸에 저 많은 짐 허위허위 매달고

터질 듯한 아침 만원버스

어찌어찌 쑤셔타고 또 내렸을까?

책가방 하나만도 무거울 텐데

체육복 넣은 보조가방, 신주머니, 보온도시락에

구겨지면 안되는 커다란 스케치북에
제가 사는 제 동리에서 모은다면 좀 좋을까
비닐주머니 한귀퉁이가 찢어져나가
금방이라도 쏟아져나올 듯한 폐휴지 짐
게다가 부모님 선생님 날이면 날마다
공부하라 공부하라 다그쳐대니
마음의 짐 또한 얼마나 괴로우랴
저렇듯 심신의 무거운 짐에 꽉꽉 짓눌려
언제 한번 제대로 펴질 날 없는
축 처진 재식이 안쓰러운 좁은 어깨
지지리도 크지 못한 콩만한 키

만중이 아빠

자정 넘어
길가에 세워둔 남의 오토바이 훔쳐 집어타고
무려 두 시간이나 순경에게 쫓겨
이 골목 저 골목 쑤셔다니다 붙잡혀온 만중이
그 때문에 헐레벌떡 달려오신 만중이 아빠
만중이 얼굴 어찌 그리 꼭같이 도장 박았는지
사고뭉치 아들 때문에 가끔씩 학교에 불려오시는
밤 유흥업소 하신다는 사장님
마누라는 비록 도망갔지만
그래도 아들은 끔찍이도 믿고 믿어
그애가 그럴 리 없는데, 나 닮아 절대 그럴 리 없는데
오실 때마다 그럴 리 없는데 고개 갸우뚱거리시며
시침 딱 떼시려는 그 모양이
어찌도 그리 만중이와 닮았는지
정말 질긴 운명의 끈이야
나 혼자 속으로 슬쩍 웃음 나오네

피는 더 못 속인다고, 만중이 아빠
아무리 시침 떼셔도
그대 만중이만했던 어린 시절 개구쟁이 모습
너무나 환히 보여 민망하네요
만중이 아빠, 너무 그리 걱정 마세요
당신이 만중이 철석같이 믿어주는 한
무슨 일 터지면 그래도 헐레벌떡
학교에 와주시는 성의가 있는 한
당신 이룬 만큼 만중이도 제구실 하리라
먼 훗날 만중이도 저 닮은 자식새끼 키우며
몇번인가 학교에 불려와
그럴 리 없는데 그럴 리 없는데
고개 연방 갸우뚱거릴 테지만요

남자 선생님들

가만히 앉아 있어도 땀 줄줄 흐르는
연일 30도를 오르내리는 이 불볕 더위에
아이들도 아닌 다 큰 남자 선생님들이
시험 때라 아이들 일찍 가버리고 텅 비인
햇빛만 쨍한 새하얀 운동장을 누비며
땀 뻘뻘 흘리며 술내기 축구를 한다
이 더위에 보기만 해도 숨 헉헉 막히는
여자들은 도저히 꿈꿀 수조차 없는
사내들의 저 위대함!
저 위대함이 한 아내와 자식들을 거느리고
전쟁도 일으킨다

잊을 수 없는 촌지

일찍이 부모님 두 분 다 잃고
할아버지 할머니 밑에서 자라난 우리 반 이경혜
저만큼 밝고 착하게 키우기 얼마나 힘드셨을까
꼬부라진 허리 몇번인가 곧추 펴시며
스승의 날, 학교에 찾아오신
일흔살의 호호백발 할머님
"철모르는 어린것들 가르치시느라
얼마나 힘들 것이요, 선상님"
가실 때 허리춤에서 꺼내 주신
꼬깃꼬깃 접혀진
할머님 체온 따뜻했던 천원짜리 한장
안 받겠다고 몇번 사양했다가
되레 흠씬 야단맞고 도로 받은 짜장면 값
꼭꼭 간직했다가 할머님 말씀대로
경혜랑 맛난 짜장면 사먹었네
내가 받은 가장 작은 촌지
그러나 가장 잊을 수 없는 큰 촌지

스승의 날

정권이 바뀔 때마다 몇번인가
있어졌다 없어졌다 또 있어진
옆구리 찔러 절 받기
참 낯간지러운 스승의 날
꽃 한송이 달아주고 아이들이 불러주는
스승의 노래
너무나 어색해서
죄인처럼 저절로 고개가 떨궈지네
삭막한 교무실에도 이 날만은 꽃 넘쳐나
값비싼 카네이션꽃들
꽃 꽂을 꽃병도 컵도 더이상 없어
책상 위에 그대로 말라비틀리던가
플라스틱 쓰레기통을 비우고 물 담아
듬뿍듬뿍 꽂아놓기도 하네

아이들이 코묻은 제 용돈을 모아 사오는
어른에게는 별로 소용 닿지도 않는

장난감 인형들, 거울, 지갑, 손수건 같은 눈곱 같은
선물들
　살가운 계집애들이 예쁜 편지지에 적어 보낸
　선생님 은혜 어쩌구 달콤한 몇마디에
　잠깐 눈시울 붉히고 가슴까지 젖어보는 선생님들
　고등학교 갓 입학한 애들이
　떠들썩 떼지어 찾아오면
　짜장면을 시켜주고
　식성좋게 먹어대는 아이들
　대견한 듯 물끄러미 바라보네
　오늘 교내 식당에서 특별 점심으로 먹은
　우리 봉급에서 제해야 하는 수입 소고기국
　교장선생님이 자비로 내셨다는
　500원짜리 바나나 한개씩의 간식
　온통 하루뿐인
　한없이 허전하고 쓸쓸한 이 북새통

제 3 부

즐거운 수업시간

3학년 우리 반, 영어 수업시간
판서하다 낌새가 이상하여 휙 뒤돌아보니
두부살 뚱뚱보 문식이놈
볼 미어지게 빵 처넣고 우물거리다 들키네
"김문식, 그만 작작 먹지, 네 몸 좀 돌봐라"
옳다, 잘됐다, 무슨 꺼수 없을까
늘 좀이 쑤셔 죽을 지경인 바로 앞자리 준호
그 말에 휙 뒤돌아 앉아
빵 꾸역꾸역 삼키고 있는 문식이를
넋놓고 바라보는 시늉 하다가
꼴깍 침 넘어가는 소리까지 내네
"준호, 넌 또 뭘하고 있지?"
"도와줄려구요"
평소에 늘 '서로 도와주라'는 내 말을 흉내내
쩍하면 '도와준다'는 말이 입에 붙은 준호
아이들 내 눈치 보며 사방에서 낄낄낄 웃어대네
위기일발! 지금 내가 웃으면 수업은 끝장이다

칠판으로 돌아서서 입술 오그려 참고 참다가
문식이 억지로 삼킨 빵 입 밖에 튀어나오듯
우하하하 우하하하 한바탕 웃음이 터져나오네
아이들도 그제야 마음놓고 발 구르며 낭자히 무너지네
저 귀여운 망할놈들
하루에도 몇번씩 참지 못해 웃음 터뜨릴 때마다
나는 삶이 퍽 아름답다는 생각을 하네

김장호씨

관심으로 돌본다면 버려진 어떤 아인들
몰라보게 변하지 않으리오
머리 길고 손톱 때 새까맣고
이빨도 안 닦고 다니는
해장국 파느라 늘 바쁜 그 엄마를 대신해
내가 눈여겨보기 시작한
1학년 14반 게을백이 김장호
영어시간마다 김장호씨 김장호씨 불러주면
수줍어 얼굴이 붉어지면서 큰 입 헤벌쭉 벌어지네
더러웠던 모습 어느새 저렇게 변했나
머리 손톱 짧게 깎고
이제 이빨도 티밥처럼 하얗게 빛나는
날로 멋있어가는 김장호씨
시간 중 영어시험 보면 30,40점 맞던 아이가
80,90점 맞을 때도 있네
신기해서 거둔 답안지 자세히 살펴보면
제가 쓴 성명 석자 옆에 '씨'자 하나 더 붙어 있네

얼마나 그 존칭어 좋았으면 그랬을까
하루하루 달라지는 그애 바라보는 즐거움으로
그 반 수업이 설레임에 가득 차네
흙 속에 감춰졌던 보석처럼 날로 빛나는
그애랑 시간마다 남몰래 눈맞추면서

종이 비행기

아침마다 보충수업 끝난 후 화단 앞을 걸어가노라면
화단에 여기저기 하얗게 떨어져 있는 종이 비행기들
몇개 주워 유심히 살펴보니
방금 내가 수업한 프린트 교재도 있지 않은가
얼마나 공부에 지긋지긋 염증났으면
수업 끝나자마자
저렇게 미련없이 날려버릴까
부러진 아이들의 상한 날개
추락한 아이들의 꿈을 보는 것 같아 한없이 애처로운
저 종이 비행기, 비행기들

농 담

1학년 때 1번이었던 몸 여릿여릿했던
땅꼬마 장난꾸러기 김용석
3학년 영어 첫 수업 때 만나보니
여전히 1번이구나
제딴엔 반갑다고 그러는지
첫 수업에 장난부터 쳐대네
"저렇게 장난만 치니 키 자랄 여가 없지"
나도 반가워 농담으로 인사했네
"선생님, 그래도 자랄 건 다 자랐대요(꼬추?)"
주위 아이들 킬킬대며 농담으로 응수하네
에이 망할놈들, 오늘 내가 또 한 수 졌네
아이들 장난에 아직도 도 트지 못해
얼굴 활짝 붉어지며 어쩔 줄 모르네

형   벌

우리 반 말썽꾸러기 이창수
생때같은 엄마 교통사고 당해
땅에 묻고 일주일 만에 학교에 나와서도
그날로 또 싸움질하다 학생부에 걸렸네
세상에, 죽은 사람만 불쌍하지
엄마 돌아가셨는데 슬프지도 않은지
측은하다가도 괘씸한 생각까지 듭니다

제 몸이나 아파야 꼼짝없이
장난치지 못하는 아이들
죽음이란 너무 멀어 아이들에겐
아리송한 풍문처럼 느껴지나봐

여전히 떠들고 법석이는 그애 물끄러미 바라보며
우리들 삶이 웬지
한없이 쓸쓸하고 슬퍼집니다

지긋지긋하여라
사내 아이들의 장난질은
스스로도, 그 누구도 못 말리는 본능의
무서운 형벌 같은 것인가봐

짝 사 랑

열다섯살 중2 짜리 김영주
수학을 좋아해서 수학선생님도 좋아했네
부끄럼 잘 타는 그 총각 선생님
여학생 앞에서 자칫 낯 붉어질까봐
공연히 엄한 체 한눈 한번 팔지 않는데
영주 혼자 남몰래 가슴 태웠네
손톱에 봉숭아물이 남아 있는 동안
첫사랑이 이루어진다는 말을 듣고
그해 여름
열 손가락에 봉숭아꽃물을 들였네
붉은 꽃물 들인 손톱이 길어져서 자를 때마다
그애는 살을 에는 아픔을 느꼈네
남몰래 속 앓는 얼굴에 노랑꽃이 피고
화려하던 성적이 자꾸만 떨어졌네
2학기 중간고사 수학 점수가 너무 나빠
속사정도 모르는 수학선생님께 꾸중까지 듣고
그 참담함이란 차라리 죽고 싶은 심정이었네

수학선생님이 그해 11월 결혼하던 날
이제 손톱 끝에 초승달처럼 가늘게 남아 있는
봉숭아물 자국을 마지막으로 깎아내면서
영주는 울지 않으려고 입술을 깨물었네
그 이후 그애는 갑자기 웃음을 잃고
몇년 앞서 어른처럼 철들어버렸네
아무도 눈치채지 못했네
그애 혼자 앓았던
열병 같은 그 성장의 아픔을

사 내 티

수업시간 끝나고 쉬는 시간
아이들 틈에 첩첩 둘러싸여 정신없이 시험점수 점검
하는데
누군가 내 엉덩이 슬쩍 만지네
"앗, 어떤 놈이얏!"
깜짝 놀라 나도 모르게 괴성 지르고
내 옆에서 얼굴 벌개진 용철이
눈길 떨군 채 부끄러워 어쩔 줄 모르는 걸 바라보네
얼굴에 여드름이 덕적덕적 요즘 들어
사내꼴이 완연해가는 그애
제 자신도 모르게 한 짓일 텐데……
제 엄마 같은 이 늙은 선생도 여자라고
다 쭈그러진 엉덩이 만져보고 싶어하다니
곰곰 생각하면 우스울 노릇이지만
아무리 선생으로 너그러워지다가도 이 순간
불같이 화가 나서 곧바로 여자가 돼버리는 나
20년 선생짓에 아직도

선생으로 대통하지 못했구나
비록 공부는 못하지만 웃을 때 덧니 살짝 드러나는
평소 용철이 좋아하던 마음 싹 가셔지고
쾌씸하고 징그러운 생각까지 드네
고추도 영글지 않은 주제에
젖비린내 나는 놈
집에 가서 엄마젖이나 만질 일이지
분이 나서 속으로만 욕을 해대네

궁색한 생존방식

전에는 학교 와서 공부하는 척 놀아대고
집에 가선 더 마음껏 놀아대곤 했지만
학원과외 허용 이후 학원 수강생이
한반에 반수나 되는 요즈음 아이들
방과 후가 오히려 눈코 뜰 새 없이 더 바쁘다네
밤 10시에야 끝난다는 학원도 가야 하고
학교 숙제도 못하는 주제에 학원 숙제까지 해야 된
다네
지금 한창 팔다리 죽죽 늘어나는 아이들
실컷실컷 놀아야 그 노는 힘으로
쑥쑥 자라날 수 있을 텐데
집에서 전혀 놀 틈 없으니 수업시간에
전보다 더욱더 떠들 수밖에
학원과외 허용 이후
학교 수업이 너무도 힘들어져
호랭이처럼 무섭게 닦달해도
막무가내로 떠들고 장난쳐대는 아이들

공부 좀 가르쳐보려고 갖은 애를 다 쓰다 지쳐버린
내가
잠시 넋놓고 아이들을 물끄러미 바라보네
터질 듯 터질 듯 팽창하는 제 살과 피를
스스로도 어쩔 줄 몰라 쩔쩔매는 아이들
저렇게 눈치코치껏 조금씩이라도 놀지 않고는
숨막혀 어찌 살아가리
아이들 나름대로 터득해가는 저 궁색한 생존방식을
안쓰러이 안쓰러이 이해해보려 하네

가을 매미

1학년 15반 수업하고 있는데
난데없이 교실 사방에서 울리는
무엇인가 쓸쓸하고 기진한 울음소리
알고 보니
주머니에 늘 무슨 곤충인가를 넣고 다니는
곤충학자가 되고 싶다는 서종호가
학교 오는 숲길에서 주워다가
아이들에게 모두 나눠줬다는 30여 마리
죽어가는 매미들의 신음소리였네
나에게 야단맞고 매미 빼앗길까봐
가슴에 큰 비밀이나 간직한 듯
오늘 유난히 조용해진 아이들에게 얘기해줬네
단 7일을 노래하며 살기 위해
7년의 긴긴 세월을 어두운 땅속에서 성숙한다는
매미들의 기구한 운명을
너무 늦게 이 세상에 왔는가, 늦은 매미들이여
서늘한 가을 날씨에 나무에서 떨어져

자동차 바퀴에 깔려 죽는 매미들이 안타까워
집에서 일부러 일찍 나와 주워왔다는 서종호의
여리고 따뜻한 푸른 빛 마음
그날 나는 아이들이 가지고 있는 매미들을
차마 버리라고 하지 못한 채
삭막하고 답답한 교실을 벗어나 야외수업 하듯
매미 울음 속에서 수업을 했네
매미처럼 슬프게 영어책을 읽는 아이들 배후로
숲길을 물들이는 가을 나무 그림자들이
교실에까지 애잔하게 비쳐 보였네

눈 보 라

5교시 끝난 직후 느닷없이
어둡고 찬 하늘 가득 휘날리는 눈보라
와아와아 소리치면서 운동장 가득 쏟아져나와
망아지처럼 뛰어노는 아이들의
눈송이보다 더욱 풍성히 흩날리는 쾌활한 함성소리
저 산성눈 저렇게 많이 맞으면 몸에 해로울 텐데
교무실 유리창으로 쏟아지는 눈보라와
날뛰는 아이들을 망연히 바라보며
이제 아무 설레임도 없이
쓸데없는 걱정에 휩싸이는 늙은 여선생

박선생님

긴긴 겨울방학 끝난 개학 바로 전날
아이들과 만날 일 가슴 설레어
좀처럼 잠 안 오는 밤 어둠속에서
54명이나 되는 자기 반 아이들 1번부터 54번까지
한 사람 한 사람 이름과 얼굴표정까지 떠올려본다는
이제 선생 한 지 3년밖에 안된
1학년 5반 처녀 담임 박선생님의
저 신선한 아름다운 모습이
우리나라 교육의 앞날을
등불처럼 환하게 합니다

경선이 아빠

입학식날 제일 먼저 찾아와 인사하시고
3월 한달에도 벌써 네번째나 찾아오셨던
복덕방 하신다는 우리 반 키다리 경선이 아빠
"지는 국민핵교도 못 나온 일자무식꾼이지만
내 딸은 이제 어엿한 중학생이지라우
중핵교 졸업하면 이제 고등핵교에도 가고"
외딸 중학생 된 것이 그렇게도 대견하고 신기해서
낮술 불콰하게 취하면 학교에 한번씩 들러
교실 뒷문에서 몰래 딸년 공부하는 것 바라보다가
내게도 몇번 들킨 경선이 아빠
경선이 세살 때 그 엄마 뇌종양으로 돌아가시고
어린 경선이 눈치할까봐 여지껏 마누라도 안 얻고
혼자 키우셨다는 그이
아버지 또 술에 취해 학교에 올까봐
늘 조마조마 가슴 졸이며 챙피해하는
똑똑하고 야무진 경선이 그러거나 말거나
일주일에 한번꼴로 딸애 교실 들여다봐야만

살맛이 나는 듯한 경선이 아빠
"참 선생님이 남자선생님이라면 얼마나 좋대유
지가 막걸리 한잔 살 턴디……"
번번이 애석해하며 비틀비틀 돌아가시는 경선이 아빠
휘청휘청 휘어질 듯 큰 키
세상사 무거운 짐 기울은 어깨

후배 교사들에게

성난 그대 젊은 교사들이여
그대들의 저 확신과 결의에 찬 모습은
늙은 우리들에게 참담한 부끄러움을 주네
지난 수많은 나날 선배랍시고
도대체 우리는 무엇을 했던가

부끄러워라
우리가 오랫동안 몸에 익힌 건
밟아도 밟아도 꿈틀하지 않는 법
참고 참아 속으로 곪는 법
곪으면서 터지지 않는 법
썩으면서 썩음도 자각하지 않는 법
모든 것에 도통한 척 시늉떨며
자신을 절대 괴롭히지 않는 법

수많은 지시 전달만이 소나기처럼 쏟아져내리는 학
교 현장

절대로 절대로 괴롭지 않다, 우리는
전달하라 언제나 상부 지시 그대로를
입도 뻥긋 마라, 시비곡직 절대 따지지 말고
가슴속에 꽉꽉 눌러 숨기고
깊은 절망감과 패배주의에 빠진 채
언제까지나 조용히 성실하게 시키는 대로
아무 의지도 희망도 전혀 없이
오, 죽어 있던 나날

성난 그대 젊은 교사들이여
선배답지 못한 우리 기성세대들 두려워 떨며
그대들 애써 외면하려 하지만 그러나
괴롭고 두려운 마음 한구석에서 서서히
오랫동안 죽어 있던 한 자아가
이제 비로소 어렵고 힘들게 눈뜨기 시작하네
교사로서 이제
과연 나는 누구이고
과연 우리는 누구인가 하고

김선생님

평소 유난히 결백하고 성실했던
해직교사 김선생님이
오늘 학교에 들렀네
생활비 벌기 위해 조그만 책방을 열었다가
경험 없어 다 들어먹었다는
깡마른 얼굴이 더욱 수척해진 그 선생님
우울한 눈빛으로 교무실과
옛 동료인 우리들을 물끄러미 바라보네
"교무실이 많이 바뀌었군요"
무더기 해직 사태 이후 덕분에 많이 달라진 교무실
새 책걸상에, 온풍기에, 편리한 키폰 전화기들……
그들의 주장은 사실
이런 겉치레를 요구한 건 아니었는데
그들의 피땀과 눈물어린 싸움으로
오늘 이 자리에
보다 쾌적한 환경 속에 앉아 있는 우리들
바늘방석에 앉아 있는 것처럼
마음이 참 괴롭네

세 월

올해 대학 갓 졸업하고 임용고시 합격하고 나온 패기만만한

눈부신 20대 처녀 영어선생

이제 첫아들의 국민학교 학부형이 된

늘 바쁘고 피곤해 보이는 30대 수학선생

이제 첫딸이 대학 2년생이고

두 아들이 고3, 중3 되는

도시락을 하루에 네 개씩이나 싼다는

아직도 바쁘고 힘겨워 가끔씩 졸고 있는 40대 국어선생

그리고 늙음이 이제 숨길 수 없을 만큼 완연해 보이는

늘 신경통으로 고생하는 50대 가정담당 상담주임

네 사람이 마주앉아서 10년 후, 20년 후, 30년 후

혹은 10년 전, 20년 전, 30년 전의

자신의 미래와 과거를 동시에 서로 들여다보는 것 같아

문득 몸서리쳐지는 긴긴 세월

제 4 부

선생 자격

"선생님, 화장실 가면 안돼요?"

"안돼, 넌 맨날 수업시간에 화장실 가냐?"

"쉬는 시간엔 아이들이 너무 많이 밀렸어요"

"안돼!"(화장실에 간다 하고 담 넘어가서 쮸쮸바 사먹고, 담배 피우는 놈도 있으니까)

"선생님, 나 죽겠어요"(여드름 닥지닥지 피어난 주제에, 갖은 아양 다 떨며 죽는 시늉한다)

모른 척하고 계속 영어 가정법을 설명한다

"선생님, 큰일났어요, 큰거예요"

"조용히 못해?"

"선생님, 나 쌀 거예요"(와! 터지는 아이들 웃음소리)

"정말 입 안 다물어?"

화를 벌컥 내면서도 배꼽에서부터 몰래 올라오는 물살 같은 이 웃음

약삭빠른 용철이 녀석 바로 그 눈치 모를까

내가 돌아서서 간신히 웃음 깨물며 판서하는 사이

그 녀석 소리없이 엉금엉금 기어가서
화장실에 살짝 다녀온다
나는 까마득히 모른 척해준다
화가 나기는커녕 오히려
그 녀석 귀여워 죽을 지경이니
나야말로 정말 문제교사 아닌가

낙   서

음악실 긴 책상 한구석에 깨알처럼 박힌 낙서
"2학년 5반 박은영은 내것
웃을 때 보조개
아이구 나 죽어"
우스개 낙서 속에서 문득 느껴지는 절절한 욕망
자라나는 것 큰 형벌이어라
좁은 바지 앞자락에서 남몰래 불끈불끈 일어서는 사
내아이들의
부끄러운 분홍빛 꼬추 선연히 보이네

목   발

층계에서 서로 장난질치다 넘어져
발목 뚝 부러진 우리 반 말썽꾸러기 김민호
그애 발 기브스하고 목발 딛고 다니는 한달 동안
우리 반 60여명 아이들
목발 한번 안 짚어본 아이들 별로 없네
한시도 가만있지 못하는 그애
큰 칼 쓴 듯 풀 다 죽어 꼼짝없이 앉아 있을 때
그 틈을 이용해 쉬는 시간마다 점심시간마다
한쪽 다친 다리 흉내내면서
30도를 오르내리는 그 무더위에 땀 뻘뻘 흘리며
1층에서 3층 계단까지 올라갔다 내려갔다
서로 먼저 빼앗아 서로 먼저 해보려고 장난질치다
또다시 뚝 부러뜨린 김민호 목발
그애 발목 부러뜨리고도 아직도 시원찮아
이제 그 목발마저 또다시 부러뜨린, 징그러워라
우리 반 정말 못 말리는 사내아이들

여 드 름

수업시간중 아무리 눈짓으로 주의를 줘도
막무가내로 떠들어대는, 눈치코치 되게 없는
3학년 20반 바보 멍충이 유성호
몽둥이 두고 왔으니 어쩌지?
"유성호, 나와 뺨 좀 맞아라"
두 손으로 그 아이의 얼굴을 감싸안고
양손으로 양쪽 뺨 때릴 준비를 한다
꽃받침처럼 감싸안은 두 손 속에
꽃처럼 안긴 여드름 투성이 그애 얼굴
한시도 가만있지 못하고 법석이는
요 꽃이 무슨 맹랑한 꽃이더냐?
울긋불긋 진달래더냐? 철쭉이더냐?
비록 매 맞고 매 때리는 사이지만
그애 뺨과 내 손의 살이 맞닿는 순간
남모를 애틋한 느낌이 잠깐 오간다
내가 잠깐 복잡한 심정으로 망설이는 사이
눈치 빠른 놈들이 여기저기서 소리친다

"선생님, 제발 살살 때려줘요
성호 여드름 터져요"

진짜 삶

어린 여학생들에 거의 폭발적 인기가 있었던
우리 학교 노총각 영어선생님
남자에겐 어울리기 힘든 분홍빛 노란빛 와이셔츠가
참 잘도 어울리는 얼굴이 희디흰 그 선생님
공부도 열심히 가르쳐주시고
바짝 마른 몸, 깊숙한 표정으로
가끔 쉬운 영시도 읽어주시고
가끔 영어 팝송도 불러주신다는
아주 멋들어진 선생님

기와쟁이 아버지 허리 다쳐 누운 지 3년
밤 늦도록 어머니가 식당에서 일해서 근근 살아가는
진짜 삶은 얼마나 고통스러운 건지
벌써 흰히 다 알고 있는
열다섯살, 우리 반 반장 애늙은이 숙경이가
가장 싫어했다는
그 선생님에게서 느낀

뭐라 설명할 수 없었던 어떤 허위, 비린내 그리고
구역질

나　이

합창대회 앞두고 뻐꾸기 왈츠 연습할 때마다
'뻐꾹뻐꾹' 대신에 '떡국떡국' 하면서 장난질치는
말썽꾸러기 사내애들 때문에 속 바글바글 끓이는
작년 봄 처음 발령받은
2학년 10반 꽃같은 처녀 담임선생님
정작 합창대회 땐 아이들 의젓이 서서
비록 곡조 박자도 제대로 맞지 않는
울부짖는 짐승소리 같은 변성기 목소리지만
열심히 노래 불러대는 아이들 보고 감격하여
어때요, 우리 반 아이들 참 귀엽지요?
은근히 제 반 아이들 자랑스러워하는 그 선생님 옆
에 앉아
고개 크게 끄덕여주며
웬지 내 늙은 눈에 감격의 눈물 핑 돈다
입 짝짝 벌리는 제비새끼들 같은 저 아이들
눈물나게 귀여운 건 말할 것도 없고
작년 한 해

지각 밥먹듯 해대고
청소 감독 제대로 한번 해본 적 없이
수업만 하면 휑하니 나가버려
일찌감치 교장 교감 눈밖에 났지만
요즘 제법 철들어
이제 서서히 제 반 아이들 귀엽게 느껴가고 있는
내 딸년 같은 저 처녀 선생님까지
너무나 고마웁고 어여뻐 눈물난다

한물 간 선생님

우리 학교 중년이 다 된 국어선생님이 오늘
국민학교 선생이 된 제자 결혼식에 다녀오셨네
십여년 전 어린 여중생들에게 인기 좋았던
바람에도 쓸릴 것만 같이 호리호리했던
멋쟁이 총각 선생님
사춘기 꽃봉오리 같던 선영이가
추운 한겨울 눈 펑펑 쏟아지던 날
그 열정 홀로 가누지 못해 그의 하숙방으로 찾아가
늦도록 돌아오지 않는 선생님을 기다리다가
따뜻한 이불 속에서 깜빡 잠들었다지
자정이 되어서야 귀가했던 그이 어찌나 놀랐던지
만취된 술 화들짝 깨어나 눈 펑펑 쏟아지는 그 밤에
기어이 집까지 그앨 데려다 주었대나
그후로 여학생 보기를 돌같이 했다는
지금은 아무도 좋아해주지 않는 뚱뚱보
한물 간 중년 사내
아버지도 없이 홀어미 밑에서 자라는 선영이에게

선생님 겸 아버지 노릇도 대신해서 돌봐주었던 그이
자라나는 아이들 별별 위험한 일도 많지만
철이 나면 모두 다 제 한몫 훌륭히 해나가지

박　꽃

영어시간에 장난치다 회초리로 얻어맞고
눈물 글썽글썽하던 3학년 5반 김재민
사내자식이 밸도 없는지 시간 끝나자 곧바로 따라나
와
"선생님, 나 어제 보철 뺐어요"
일부러 입을 짝 벌려 새하얀 이 보여주던 그애
그때 그 모습 얼마나 고맙고 예뻤던지
몇년 지난 지금도 그애 생각하면
우울한 가슴 속에서
새하얀 박꽃이 활짝 피는 것 같네

이 중 고

시어머님 교통사고 당해
병원에 1년 넘게 식물인간으로 누워 계시고
홀시아버님이나 다름없는 시아버님 시중에
개구쟁이 두 아들, 까다로운 남편 시중에
병원 일이야, 집안 일이야, 학교 일에
늘 허둥지둥 살고 있는
늘 피곤하고 지쳐 보이는
학습지도안 쓰다 엎드려 잠깐 잠든 김선생님의
휘어질 듯 가냘픈 어깨
잠결에도 잠깐씩 내뿜는 깊은 한숨소리

화장실과 화단

화단은 학교의 얼굴과 같다나
올해 교육구청 중점사업은 화단 가꾸기여서
거금 200만원이나 들여 손질해놓은
화려한 화단을 보면서도 웬지 서글프구나
얼굴에 분 바르면 뭘 하나
뒷 구린내 나는데······
장난으로 변기통에 온갖 쓰레기 처넣는
아이들 나쁜 버릇도 문제지만
학교마다 툭하면 물 안 나오고 툭하면 막히고 새는
화장실
코 못 들게 지린내 똥내 등천해서
30도를 오르내리는 여름 무더위에도 선풍기 한 대도
없이
교실문 꽉꽉 처닫고
늘어진 우거지처럼 푹푹 삶아져 수업해야 하는데
그 근본 공사 하도 엄청나 언제 고쳐질지 알 수 없는
부실공사 화장실

유년 시절

재밋거리를 찾아 굶주린 강아지 새끼처럼
이 골목 저 골목 싸돌아다니면서
짧은 처마 그늘과 그늘 밑으로 뺑뺑이치면서
어쩌다 사금파리만 번쩍 빛나고
개미떼만 땅바닥에 아물아물거리는
햇빛 쨍한 길고 뜨거운 한낮의 침묵 속을
어린 나는 종일토록 셋이서 걸어다녔네
나와
내 짧은 그림자와
나와 내 짧은 그림자를 한발 떼어놓고 한없이 바라
보는
아주 고적한 또 다른 나와

중학교 시절

내 까마득한 중학교 시절이나 지금이나
별로 변함없는 학교 풍경
교감선생님 아침자습 시간에 순시하시다가
우리 반 너무 떠들어댄다고
어쩌다 잠깐 장난쳤을 뿐인데
맨 앞에 앉은 내가 재수없이 걸렸네
추운 복도에 한 시간이나 꿇어앉았지
고등학교 때까지도 꿈속에서 자주
식은땀 흘렸던 그 치욕의 기억
자상하신 남자 담임 들어오셔서
"너희들 얼마나 떠들었길래 평소
우리 반에서 제일 조용한 정자가
이리 큰벌 받아야 하느냐?"
내 머리 쓰다듬어주시며 애처로워하셨네
그 순간의 고마움이란, 지금도 가슴 뜨겁네
애들 아무리 떠들어대도 지금도 그 생각 나
벌주려면 가슴 섬뜩해지며 멈칫거려지는 나

큰　딸

여지껏 꾸려온 괴로운 살림살이가
마치 딸년의 탓이라도 되는 듯이
사소한 일에도 미친 듯이 화를 내며
사정없이 잔소리를 늘어놓는 늙은 엄마의 저 추한
모습에
진저리를 치며 맞대거리로 싸우다가도
삶은 정말 저토록 어려운 것인가?
문득 말을 멈추고
연민에 가득 찬 어른스런 표정을 하고
제가 빠져나온 저 쭈굴쭈굴한 볼품없는 자궁
바싹 부서져버릴 것 같은 저 빈 껍데기
제 무너진 폐허인
삶에 지친 엄마를 물끄러미 바라보며
문득 눈물 떨구는 순간
한 십년쯤 스스로 철들어버리는
올해 열일곱살이 되는 나의 큰딸

선생님 말씀

아무리 권해도 도통 입으려 하지 않던
아직도 입을 만한 내 젊었을 때 헌 오바를
무슨 생각이 들었던지 열일곱살 내 딸년이
오늘 슬그머니 학교에 입고 갔다 왔네
순하고 격식 없어 반 아이들 누구나 좋아한다는
총각 담임선생님이
검은털과 흰털이 아련히 뒤얽힌 그 오바를 보고
'눈오는 풍경' 같다고 말씀하셨다나
엄마 것이면 무조건 구식이라고 몰아붙이던 내 딸이
이제 서서히 눈 뜨여지는가
요즘 들어 싸구려뿐인 엄마 옷도 슬쩍슬쩍 넘보면서
색깔 맞춰 이것저것 어울려 입고 다니는 저 기특함
더구나 제가 제일 좋아한다는 총각 선생님 말씀이니
이제 눈오는 풍경이 된 낭만적인 저 오바를
마르고 닳도록 입겠구나
시속이 아무리 천박하게 변했어도
따뜻한 관심과 따뜻한 말에 늘 굶주려 있는

성장기 마음 아픈 아이들에게
마음을 설레게 하는 선생님 말씀
아이들을 북돋아 부쩍부쩍 키우는
신기로운 靈藥과도 같은 선생님 말씀

막내아들

올해 의젓한 중학생이 된 막내아들
운동화가 하도 더러워 빨려고 보았더니
운동화 속에 웬 모래가 가득 들어 있었네
시험 때라 일찍 끝나면 한바탕씩
운동장에서 뛰어놀고 온다는 고백 들었네
시험 때마저 공부 안하고 뛰어노는 우리 학교 아이들
한심하고 안타까워 흉보았더니
평소 너무나 성실하고 고지식해 걱정했던
내 막내아들마저 그럴 줄이야
시험 때는 평소처럼 학교에 걸어다니지 않고
버스 타고 다니면서
그 힘과 시간 절약해서 시험공부 하겠다는 말
참 기특하게 여겼더니
운동장에서 그렇게 한바탕씩 뛰어놀고 와선
밤 9시만 되면 조느라고 정신없는
공부 안해도 귀엽고 예쁘기만 한 막내아들

선생의 죄

이십여년 선생짓을 하면서
죄가 많다면
아무것도 가르쳐주는 것 없이
아이들 스스로의 눈부신 자라남을
경이롭게 바라보고 또 바라보기만 했던 죄
늘 아프게 깨우쳐주며 가르쳐준 쪽은
선생인 내가 아니라
자라나는 풀잎처럼 늘 새로운
아이들, 바로 그들 자신이었네

숲, 나무, 꽃, 아이들

신 경 림

1

독자들은 차례만 훑어보고도 이 시집이 어떤 내용인가를 쉽게 알 것이다. 교육과 관계없는 제목의 시는 거의 없기 때문이다. 이 점은 양정자 시에 득이 되는 면도 있지만 실이 되는 면도 없지 않다. 가령 이 시집을 지극히 티피컬한 시집으로 드러나게 하는 점은 득이다. 그러나 대체로 교육이라는 관형어가 붙는 시가 썩 재미있게 읽히는 경우가 드물었다는 데 문제가 있다. 예컨대 독자가 시를 대하면서 시에서 찾고자 하는 것은 지당한 말씀만은 아니다. 그럼에도 적어도 지금까지의 교육시들은 참교육, 교육의 민주화, 교육비리의 고발 등에 치우치면서 누가 들어도 거부하지 못할 옳은 소리, 지당한 말씀만으로 일관해온 측면이 없지 않다. 또 이것이 우리 교육현실에 있어 도덕성을 담보한다는 당위도 있었다. 그것을 모르지 않지만, 이거야 다 진보적 신문에서 보고 잡지에서 듣는 얘기들, 누가 굳이 다시 시에서 읽으려 하랴. 이 점에서 양정자의 시는 손해를 볼 수도 있다. 하지만 조금만 깊이 들여다보면 이 시집의 시들이 지금까지의 교육시와는 자못 다르다는 점을 금세 알게 된다. 우선 참교육이니 교육의 민주화 같은 주장이 쉽게 눈에 띄지 않는다. 아무데서나 한편을 뽑아 읽어보자.

> 어린아이에서 사춘기로 고통스럽게 진입해 들어가는
> 번민 많은 아이들을 가득 싣고
> 슬픔의 캄캄한 터널 속을 빠져나와 달리는
> 성장의 급행열차가 잠시 멎는
> 시골의 쓸쓸한 간이역 같은 중학교
> 거기 몇십년씩이나 서서
> 손을 들어 달리는 그 기차를 멈추게 하고
> 멎은 기차를 또다시 출발시키는
> 해마다 늙어가는 기차역원 같은
> 돈도 명예도 없고
> 있었던 실력도 오랜 세월 쓰지 않아 녹이 다 슬어버린
> 허름한 중학교 선생
> 스치며 지나가는 아이들의 속력은 너무 빠르고 바빠
> 몇년 지나면 마침내
> 아무도 찾지 않고 잊혀지는 중학교 선생
> ——「중학교 선생」 전문

이 시에는 교사로서의 확고한 소명의식이나 왜곡된 교육을 바로잡겠다는 투철한 의지는 보이지 않는다. 아이들을 어떻게 가르쳐야 하고 교사는 어떻게 살아야 하고 따

위 설교도 없다. 오직 시끌덤벙 법석대는 아이들이 있고, 그 아이들을 상대로 아귀다툼을 하며 하루하루 늙어가는 평범한 교사가 있을 뿐이다. 의식 대신 교육현장에서 살아 숨쉬는 아이들과 교사가 있는 것이다. 그리고 이 살아 숨쉼은 아이들을 달리는 급행열차(또는 그 승객)로, 교사를 늙은 역무원으로, 중학교를 간이역으로 비유함으로써 더 생생해지면서, 교육시는 재미없다는 통념을 깨트린다. 종전의 교육시의 개념에서는 크게 빗나갈 터인데, 이 시집에 실린 시들이 거의 이와 같다는 데 주목할 필요가 있다.

> 5교시 끝난 직후 느닷없이
> 어둡고 찬 하늘 가득 휘날리는 눈보라
> 와아와아 소리치면서 운동장 가득 쏟아져나와
> 망아지처럼 뛰어노는 아이들의
> 눈송이보다 더욱 풍성히 흩날리는 쾌활한 함성소리
> 저 산성눈 저렇게 많이 맞으면 몸에 해로울 텐데
> 교무실 유리창으로 쏟아지는 눈보라와
> 날뛰는 아이들을 망연히 바라보며
> 이제 아무 설레임도 없이
> 쓸데없는 걱정에 휩싸이는 늙은 여선생
> ──「눈보라」 전문

이 시에 산성비 운운이 있다고 해서 공해문제를 찾으려는 노력은 시를 제대로 읽으려는 자세가 못된다. 다만 원기왕성한 아이들과 늙은 여교사의 대비라는 구도로 그려진 눈보라치는 날의 수채화를 보면 족하다. "운동장 가득 쏟아져나와／망아지처럼 뛰어노는 아이들의／눈송이보다 더욱 풍성히 흩날리는 쾌활한 함성소리"도 교육이라는 문제와 꼭 연결해서 읽어야 할 대목은 아니다. 그렇다면 교육이라는 관형어가 그의 시에 반드시 적절한 것은 아니지 않을까. 새삼스럽게 "나의 시에는／물 묻은 내 손에서처럼／설거지질의 야릇한 냄새, 갖은양념내／걸레의 썩는 냄새가 배어 있고…"라는 그의 첫시집 『아내 일기』 머리에 실었던 「나의 시」의 한 대목이 생각난다. 물 대신 분필가루 묻은 그의 시는 교육이라는 개념 속에 포함되기를 은근히 거부하면서 온갖 아이들의 냄새, 시끄러운 장난질 싸움질 소리, 퀴퀴한 교실 냄새를 진하게 내뿜고 있기 때문이다. 『아내 일기』가 아내로서 어머니로서의 생활시로 읽혔다면, 『아이들의 풀잎노래』는 늙은 여교사로서의 생활시로 읽는 편이 그의 시로 다가가는 더 가까운 길이 될 것이다.

2

『아이들의 풀잎노래』를 읽으면서 마치 무성한 숲속에 들어와 싱싱한 나무 사이에 섰거나 예쁜 꽃밭 앞에서 막 피어나는 꽃을 보고 서 있는 것 같은 느낌을 갖게 되는 것은 조금도 이상할 것이 없다. "식물도 돌보면 저리 무성해지거늘／우리가 모르는 사이 저 꽃나무들처럼"(「버려진 화분」), "땅바닥에 널려 있는 저 키 낮은 민들레 같은 아이들"(「풀뿌리 민주주의」), "개나리꽃과는 비길 수 없을 만큼／더 크고 요란스런 야생의 꽃들을 만나기 위해"(「출근길」) 등처럼 여러 시에서 아이들이 나무나 꽃으로 비유

되고 있으니까 말이다. 한편 화자인 늙은 여교사의 교육 행위를 스스로 곳곳에서 "죽어 있는 지식의 식은 말을 지껄인다"(「교실에서」), 또는 "아무것도 가르쳐주는 것 없이 /아이들 스스로의 눈부신 자라남을/경이롭게 바라보고 또 바라보기만 했던 죄"(「선생의 죄」) 등으로 낮추어 얘기하고 있는 점도 주목할 필요가 있다. 이런 대비가 숲과 나무와 꽃들을 더욱 푸르고 싱싱하게 돋을새김하고 있는 까닭이다. 그의 시의 가장 큰 미덕이 숲속의 나무 또는 꽃밭의 꽃처럼 밝고 빛나는 데서 찾아지는 것은 당연한 터이다.

> 개나리 진달래 피어날 때부터
> 수양버들, 은사시 흰꽃 눈송이처럼 펄펄 날릴 때까지
> 일년 중 가장 아름다운 꽃절기에
> 온몸에 열꽃 돋아 미친 듯 긁어대며
> 꽃몸살 된통 앓는
> 선천성 알레르기쟁이 우리 반 이현주
> 한 철씩 앓고 나면 복사꽃처럼 더욱더 환해져
> 이제 완연히 처녀꼴이 백여가는 그애
> 무심히 아름다워 보일 뿐인
> 온갖 봄꽃들의 눈부신 피어남도
> 이토록 보이지 않는 속아픔을 속속들이
> 긴 겨울 오랫동안 앓아온 건 아니었을까
> ──「꽃앓이」 전문

이쯤 되면 그의 시가 갖는 아름다움이 단순히 아이들을 나무나 꽃에 비유한 데 연유한 것만이 아님을 알 수 있

다. "온갖 봄꽃들의 눈부신 피어남"을 무심히 보지 않게 되면서, 그는 아이들을 통해 자연의 비밀 속으로까지 들어가게 되는 것이다. 말하자면 그는 아이들한테서 꽃과 나무를 보는 데 그치지 않고 꽃과 나무로부터 거꾸로 아이들을 보고 있다고 말할 수도 있다.

　　나무 몇그루 물감으로 범벅해놓고
　　시라고 몇줄 끄적끄적해놓고
　　야성의 눈을 번뜩이며
　　온통 푸른 숲속을 들쑤시고 다니며
　　개구리도 잡고 풀나비도 쫓고
　　칡뿌리도 캐어보는 아이들 모습이
　　시보다 그림보다 더욱 아름답네
　　연둣빛 나무 사이로 아이들 재깔거리는 말소리 웃음
　　소리
　　망초꽃 무리처럼 다닥다닥 피어나
　　잔칫집처럼 풍성하고 환해진
　　서오능의 푸른 숲속

　　　　　　　　　　　　──「사생대회날」 전문

3

　『아이들의 풀잎노래』 속의 시는 한결같이 따뜻하다. 아이들에 대한 따뜻한 마음씨 탓이리라. 그의 시에는 많은 아이들이 등장해서(어쩌면 실명일) 각각 한 편의 시로 되고 있다. 무기력한 명식이(「명식이」), 알레르기쟁이 이현주(「꽃앓이」), 여릿여릿한 약골 영철이(「사춘기」), 코를 줄

줄 흘리는 칠칠이 준호(「미래의 남편」), 남에게 지기 싫어
하는 극성 박현주(「기대」), 체육복 바람의 장난꾸러기 김
만호(「교복」), 정직하고 성실한 김승호(「기둥」), 땅꼬마 재
식이(「아침 등교길」), 할아버지 할머니 밑에서 자란 이경혜
(「잊을 수 없는 촌지」), 두부살 뚱뚱보 문식이(「즐거운 수업
시간」), 땅꼬마 장난꾸러기 김용석(「농담」), 말썽꾸러기
이창수(「형벌」), 수학 좋아하는 김영주(「짝사랑」), 바보멍
충이 유성호(「여드름」) 등 헤아릴 수 없이 여럿이다. 어찌
보면 한결같이 말썽꾸러기요 골칫거리지만, 그는 그 하나
하나한테 깊고 따스한 애정을 가지고 있고, 그것이 그의
시를 한없이 따뜻하고 정겨운 것으로 만들고 있다. 이런
마음씨는 교사가 아니면 갖기 어려운 것이고, 또 교사라
도 타고난 따스함 없이는 가질 수 없는 것일 터이다. 이
시들을 보면서, 어쩌면 그에게 있어 교사라는 직업은 천
직이요 이런 시들을 쓸 수 있는 사람은 오직 그뿐이라는
생각을 다시금 하게 된다.

숙제도 준비물도 제대로 한번 챙겨본 적 없는
우리 반 칠칠이 준호
지금 어디선가 코 줄줄 흘리고
손톱 때 새까만 채 떠들썩 자라나고 있을
한 칠칠이 여학생 만나
—— 「미래의 남편」 부분

친구들과 유난히 잘 다투는
입이 참새처럼 뾰죽 튀어나온 박현주
(…)

눈부신 꽃으로 보면 더욱 눈부신 꽃이 되고
하찮은 돌멩이로 보면 여지없이 돌멩이로 돼버리는
기대한 만큼보다 훨씬 더 이루는
무한 가능성의 놀라운 아이들
───「기대」부분

일년 내내 체육복만 입고 사는 그애
봄나무 햇가지 같은 저 무서운 자라남
말릴 수 없는 저 막무가내의 자유로움을
한겹 비좁은 교복 밑에 꽝꽝 가둬둘 수 있을까
───「교복」부분

이렇게 보면 그의 시의 따스함이 교사가 아이들에게 갖
는 따스한 마음씨에서만 오는 것만은 아니라는 점도 알
수 있다. 그것은 더 깊은 사람에 대한 믿음에서 오는 것
이고, 그 미래에 대한 밝은 전망에서 오는 것일 터이다.
동료교사나 학부모를 소재로 한 시에서도 이 점은 잘 나
타나고 있다.

긴긴 겨울방학 끝낸 개학 바로 전날
아이들과 만날 일 가슴 설레어
  (…)
한 사람 한 사람 이름과 얼굴 표정까지 떠올려본다는
이제 선생 한 지 3년밖에 안된
1학년 5반 처녀 담임 박선생님의
저 신선한 아름다운 모습이
───「박선생님」부분

가실 때 허리춤에서 꺼내 주신
꼬깃꼬깃 접혀진
할머님 체온 따뜻했던 천원짜리 한장
안 받겠다고 몇번 사양했다가
되레 흠씬 야단맞고 도로 받은 짜장면 값
　　　　　　──「잊을 수 없는 춘지」 부분

　한편 양정자 시의 미덕은 거짓이나 꾸밈이 없는 솔직한
진술에도 있다. 어느 한 편에서도 위선이나 허위의식 따
위는 찾아지지 않는다. 여기에는 용기가 필요한 터로, 다
음과 같은 시는 아무나 쉽게 쓸 수 있는 것이 아니다.

　아이들 틈에 첩첩 둘러싸여 정신없이 시험점수 점검
하는데
　누군가 내 엉덩이 슬쩍 만지네
　"앗, 어떤 놈이얏!"
　깜짝 놀라 나도 모르게 괴성 지르고
　내 옆에서 얼굴 벌개진 용철이
　　(…)
　괘씸하고 징그러운 생각까지 드네
　고추도 영글지 않은 주제에
　젖비린내 나는 놈
　집에 가서 엄마젖이나 만질 일이지
　분이 나서 속으로만 욕을 해대네
　　　　　　──「사내티」 부분

그러나 많은 미덕에도 불구하고 시집을 다 읽고 나면 아쉬움도 남는다. 수사가 모자라서일까 어쩐지 소인시(素人詩)라는 느낌을 떨쳐버리기가 어렵다. 지나친 수사는 시인과 독자가 가슴과 가슴으로 만나는 일을 오히려 방해하는 경우가 있다는 점을 감안한다 하더라도, 제약된 방법을 가지고 독자를 찾아가고 받아들이는 것이 시일진대, 일정한 수사는 필요불가결하다. 이 점, 앞으로 양정자 시인이 고민할 대목이다.

후   기

지난 20여년간 교사로서 과연 나는 무엇을 했는가? 이 시집 여러 곳에 나타나 있듯이 지난 세월 나는 교사로서 아이들에게 그 무엇을 가르쳐주었다기보다는 오히려 아이들에게서 많은 것을 배워왔다는 것을 고백한다.

나의 시를 읽은 한 시인이 교사로서 내가 가진 풍부한 체험이 부럽다는 말을 했다. 치기만만했던 젊은 교사 시절 한때 나는 창조적 시작(詩作)에 방해가 될 것 같아 교사직에 부담을 느꼈었다. 그러나 나이 든 지금, 내 생애에 꼭 한 가지만을 다시 선택하라면 나는 단연 시인보다는 교사 되기를 택하겠다. 아이들과 함께 뒹굴어가면서 삶의 한복판에 서 있다는 것은 힘들지만 보람찬 일이기 때문이다.

아이들이란 정말 얼마나 풍성하고 다양하고 창조적인 눈부신 존재들인가! 아무리 못나고 지둔한 아이라 할지라도 정체되어 있는 아이들은 단 한명도 없다. 그들은 하루가 다르게 눈부시게 성장하는 존재들이다. 성장해가는 아이들 한명 한명이 바로 창조적인 삶 자체, 생동하는 시 자체가 아닌가 느껴진다.

나는 내가, 화급한 입시의 소용돌이에서 조금 비켜 있는, 가장 발랄한 성장기에 놓인 중학생을 가르치는 교사인 것이 정말로 다행이라고 생각한다. 더구나 내가 근무한 곳들은 대부분 학부형들의 관심과 촌지가 거의 없는, 서민층과 소외된 계층의 아이들이 모인 서울 변두리 학교들이었기 때문에, 시에 나타난 것처럼 우리 교사들이나 아이들이나 그래도 요만한 자유와 여유나마 조금 가질 수 있었는지도 모른다. 그러나 과연 내가 이런 소외계층의, 특히 사춘기에 처한 감수성 예민한 아이들을 얼마나 보살펴왔는지, 생각해보면 참으로 부끄럽다.

『아내 일기』(1990) 이후 틈틈이 모아온 학교시들 중 60여편을 골라 순서없이 넣었다(그중에는 오래전에 씌어진 것도 몇편 있지만).

바쁘신 중에도 선뜻 발문을 써주신 신경림 선생님, 보잘것없는 시를 시집으로 엮어주신 창비 여러분, 특히 따뜻한 격려를 해주신 이시영 시인께 깊은 감사를 드린다.

1993년 4월

양   정   자

창비시선 114

아이들의 풀잎노래

초판 1쇄 발행／1993년 6월 15일
초판 22쇄 발행／2019년 9월 4일

지은이／양정자
펴낸이／강일우
펴낸곳／(주)창비
등록／1986년 8월 5일 제85호
주소／10881 경기도 파주시 회동길 184
전화／031-955-3333
팩시밀리／영업 031-955-3399 · 편집 031-955-3400
홈페이지／www.changbi.com
전자우편／lit@changbi.com

ⓒ 양정자 1993
ISBN 978-89-364-2114-4 03810